ちくま文庫

倚りかからず

茨木のり子

筑摩書房

目次

挿画　高瀬省三

本文デザイン　多田　進

倚りかからず

木は旅が好き

木は
いつも
憶っている

旅立つ日のことを
ひとつところに根をおろし
身動きならず立ちながら

花をひらかせ　虫を誘い　風を誘い
結実を急ぎながら
そよいでいる
どこか遠くへ
どこか遠くへ

ようやく鳥が実を啄《ついば》む
野の獣が実を噛《かじ》る
リュックも旅行鞄もパスポートも要らないのだ
小鳥のお腹なんか借りて
木はある日　ふいに旅立つ――空へ
ちゃっかり船に乗ったのもいる

ポトンと落ちた種子が

〈いいところだな　湖がみえる〉
しばらくここに滞在しよう
小さな苗木となって根をおろす
元の木がそうであったように
分身の木もまた夢みはじめる
旅立つ日のことを

幹に手をあてれば
痛いほどにわかる

木がいかに旅好きか
放浪へのあこがれ
漂泊へのおもいに
いかに身を捩《よじ》っているのかが

鶴

鶴が
ヒマラヤを越える
たった数日間だけの上昇気流を捉え

巻きあがり巻きあがりして
九千メートルに近い峨峨《がが》たるヒマラヤ山系を
越える
カウカウと鳴きかわしながら
どうやってリーダーを決めるのだろう
どうやって見事な隊列を組むのだろう

涼しい北で夏の繁殖を終え
育った雛もろとも

越冬地のインドへ命がけの旅
映像が捉えるまで
誰にも信じることができなかった
白皚皚《はくがいがい》のヒマラヤ山系
突き抜けるような蒼い空
遠目にもけんめいな羽ばたきが見える

なにかへの合図でもあるような
純白のハンカチ打ち振るような

清冽な羽ばたき
羽ばたいて
羽ばたいて

わたしのなかにわずかに残る
澄んだものが
はげしく反応して　さざなみ立つ
今も
目をつむれば

まなかいを飛ぶ
アネハヅルの無垢ないのちの
無数のきらめき

一九九三・一・四　NHK「世界の屋根・ネパール」

あのひとの棲《す》む国

――F・Uに――

あのひとの棲む国

それは人肌を持っている

握手のやわらかさであり
低いトーンの声であり
梨をむいてくれた手つきであり
オンドル部屋のあたたかさである

詩を書くその女《ひと》の部屋には
机が二つ
返事を書かねばならない手紙の束が山積みで
なんだかひどく身につまされたっけ

壁にぶらさげられた大きな勾玉《まがたま》がひとつ
ソウルは奬忠洞《チャンチュンドン》の坂の上の家
前庭には柿の木が一本
今年もたわわに実ったろうか
ある年の晩秋
我が家を訪ねてくれたときは
荒れた庭の風情がいいと
ガラス戸越しに眺めながらひっそりと呟いた
落葉かさこそ掃きもせず

花は立ち枯れ
荒れた庭はあるじとしては恥なんだが
無造作をよしとする客の好みにはかなったらしい
日本語と韓国語ちゃんぽんで
過ぎこしかたをさまざまに語り
こちらのうしろめたさを救うかのように
あなたとはいい友達になれると言ってくれる
率直な物言い
楚々とした風姿

あのひとの棲む国

雪崩のような報道も　ありきたりの統計も
鵜呑みにはしない
じぶんなりの調整が可能である
地球のあちらこちらでこういうことは起っているだろう
それぞれの硬直した政府なんか置き去りにして
一人と一人のつきあいが

小さなつむじ風となって

電波は自由に飛びかっている
電波はすばやく飛びかっている
電波よりのろくはあるが
なにかがキャッチされ
なにかが投げ返され
外国人を見たらスパイと思え
そんなふうに教えられた

私の少女時代には
考えられもしなかったもの

鄙《ひな》ぶりの唄

それぞれの土から
陽炎《かげろう》のように
ふっと匂い立った旋律がある

愛されてひとびとに
永くうたいつがれてきた民謡がある
なぜ国歌など
ものものしくうたう必要がありましょう
おおかたは侵略の血でよごれ
腹黒の過去を隠しもちながら
口を拭って起立して
直立不動でうたわなければならないか
聞かなければならないか

私は立たない　坐っています

演奏なくてはさみしい時は
民謡こそがふさわしい
さくらさくら
草競馬
アビニョンの橋で
ヴォルガの舟唄
アリラン峠

ブンガワンソロ
それぞれの山や河が薫りたち
野に風は渡ってゆくでしょう
それならいっしょにハモります

〽ちょいと出ました三角野郎が
八木節もいいな
やけのやんぱち　鄙ぶりの唄
われらのリズムにぴったしで

疎開児童も

疎開児童も　お爺さんになりました
疎開児童も　お婆さんになりました

信じられない時の迅さ
飢えて　痩せて　健気だった子らが
乱世を生き抜くのに　せいいっぱいで
生んだ子らに躾《しつけ》をかけるのを忘れたか
野放図に放埒《ほうらつ》に育った二代目は
躾糸の意味さえ解さずにやすやすと三代目を生み　かくて

女の孫は　清純の美をかなぐり捨て　踏み抜き
男の孫は　背をまるめゴリラのように歩いている

佳きものへの復元力がないならば
それは精神文化とも呼べず

もし　在るのなら
今どのあたりで寝ほうけているのだろう

お休みどころ

むかしむかしの　はるかかなた
女学校のかたわらに
一本の街道がのびていた

三河の国　今川村に通じるという
今川義元にゆかりの地

白っぽい街道すじに
〈お休みどころ〉という
色褪せた煉瓦いろの幟《のぼり》がはためいていた
バス停に屋根をつけたぐらいの
ささやかな　たたずまい
無人なのに

茶碗が数箇伏せられていて
夏は麦茶
冬は番茶の用意があるらしかった

あきんど　農夫　薬売り
重たい荷を背負ったひとびとに
ここで一休みして
のどをうるおし
さあ　それから町にお入りなさい

と言っているようだった
誰が世話をしているのかもわからずに

自動販売機のそらぞらしさではなく
どこかに人の気配の漂う無人である
かつての宿場や遍路みちには
いまだに名残りをとどめている跡がある

「お休みどころ……やりたいのはこれかもしれない」

ぼんやり考えている十五歳の
セーラー服の私がいた

今はいたるところで椅子やベンチが取り払われ
坐るな　とっとと歩けと言わんばかり

＊

四十年前の　ある晩秋
夜行で発って朝まだき
奈良駅についた
法隆寺へ行きたいのだが
まだバスも出ない
しかたなく
昨夜買った駅弁をもそもそ食べていると
その待合室に　駅長さんが近づいてきて
二、三の客にお茶をふるまってくれた

ゆるやかに流れていた時間

駅長さんの顔は忘れてしまったが
大きな薬缶と　制服と
注いでくれた熱い渋茶の味は
今でも思い出すことができる

店の名

〈はるばる屋〉という店がある
インドやネパール　チベットやタイの
雑貨や衣類を売っている

むかしは南蛮渡来と呼ばれた品々が
犇《ひしめ》きながら　ひそひそと語りあっている
——はるばると来つるものかな

〈なつかし屋〉という店がある
友人のそのまた友人のやっている古書店
ほかにもなんだかなつかしいものを
いろいろ並べてあるらしい
絶版になった文庫本などありがたいと言う

詩集は困ると言われるのは一寸困る

〈去年屋〉という店がある
去年はやって今年はややすたれの衣類を
安く売っているらしい
まったく去年も今年もあるものか
関西らしい商いである

何語なのかさっぱりわからぬ看板のなか

母国語を探し探しして命名した
屋号のよろしさ
それかあらぬか店はそれぞれに健在である

ある町の
〈おいてけぼり〉という喫茶店も
気に入っていたのだが
店じしんおいてけぼりをくわなかったか
どうか

時代おくれ

車がない
ワープロがない
ビデオデッキがない

ファックスがない
パソコン　インターネット　見たこともない
けれど格別支障もない

そんなに情報集めてどうするの
そんなに急いで何をするの
頭はからっぽのまま

すぐに古びるがらくたは

我が山門に入《い》るを許さず
　（山門だって　木戸しかないのに）
はたから見れば嘲笑の時代おくれ
けれど進んで選びとった時代おくれ
　　　もっともっと遅れたい

電話ひとつだって
おそるべき文明の利器で
ありがたがっているうちに

盗聴も自由とか
便利なものはたいてい不快な副作用をともなう
川のまんなかに小船を浮かべ
江戸時代のように密談しなければならない日がくるのかも

旧式の黒いダイアルを
ゆっくり廻していると
相手は出ない
むなしく呼び出し音の鳴るあいだ

ふっと
行ったこともない
シッキムやブータンの子らの
襟足の匂いが風に乗って漂ってくる
どてらのような民族衣装
陽なたくさい枯草の匂い

何が起ろうと生き残れるのはあなたたち
まっとうとも思わずに

まっとうに生きているひとびとよ

倚《よ》りかからず

もはや
できあいの思想には倚りかかりたくない
もはや

できあいの宗教には倚りかかりたくない
もはや
できあいの学問には倚りかかりたくない
もはや
いかなる権威にも倚りかかりたくはない
ながく生きて
心底学んだのはそれぐらい
じぶんの耳目
じぶんの二本足のみで立っていて

なに不都合のことやある
倚りかかるとすれば
それは
椅子の背もたれだけ

笑う能力

「先生　お元気ですか
我が家の姉もそろそろ色づいてまいりました」
他家の姉が色づいたとて知ったことか

手紙を受けとった教授は
柿の書き間違いと気づくまで何秒くらいかかったか

「次の会にはぜひお越し下さい
枯木も山の賑わいですから」
おっとっと　それは老人の謙遜語で
若者が年上のひとを誘う言葉ではない

着飾った夫人たちの集うレストランの一角

ウェーターがうやうやしくデザートの説明
「洋梨のババロワでございます」
「なに　洋梨のババア？」

若い娘がだるそうに喋っていた
あたしねぇ　ポエムをひとつ作って
彼に贈ったの　虫っていう題
「あたし　蚤《のみ》かダニになりたいの
そうすれば二十四時間あなたにくっついていられる」

はちゃめちゃな幅の広さよ　ポエムとは

言葉の脱臼　骨折　捻挫のさま
いとをかしくて
深夜　ひとり声たてて笑えば
われながら鬼気迫るものあり
ひやりともするのだが　そんな時
もう一人の私が耳もとで囁く
「よろしい

お前にはまだ笑う能力が残っている
乏しい能力のひとつとして
いまわのきわまで保つように」
はイ　出来ますれば

山笑う
という日本語もいい
春の微笑を通りすぎ
山よ　新緑どよもして

大いに笑え！

気がつけば　いつのまにか
我が膝までが笑うようになっていた

ピカソのぎょろ目

ピカソのぎょろ目は
一度見たら忘れられないが
あのひとはバセドウ病だったに違いないと

つい最近になって気がついた
私も同じ病気にかかり
ものみなだぶったり歪んだりして見える
複視となって焦点がまるで合わない
ピカソのキュービズムの元は
これだったかと　へんに納得してしまったのだ
立体を平面に描くための斬新な方法とばかり思っていたのに
ある時期　彼は
ものみなずれて　ちらんぱらんに見えたに違いない

女の顔も
それを一つの手法にまで高めたのだ

敵らしきものが入ってくると
からだは反応して免疫をつくるのだが
敵が入って来もしないのに
何をとち狂ったか
自分のからだをやっつける誤作動の指令
自己免疫疾患

甲状腺ホルモンがどばどばと出て
眼筋までが肥大して眼球を突出させてしまうらしい

ピカソへの不意の親近感
小さな発見におもわれて
美術史専門の数人に尋ねてみた
「どこかにそういう記載はありませんか?」
みんな
「さあ……」

といぶかしげ

若い時に発病するものなのに
今ごろになってこんなものが出てくるとは
「私のからだはまだ若いということでしょうか？」
冗談まじりに尋ねると
「そう思いたければ
そう思っていてもいいでしょう」
と　若い医師は真面目に答えた

苦しみの日々　哀しみの日々

苦しみの日々
哀しみの日々
それはひとを少しは深くするだろう

わずか五ミリぐらいではあろうけれど
さなかには心臓も凍結
息をするのさえ難しいほどだが
なんとか通り抜けたとき　初めて気付く
あれはみずからを養うに足る時間であったと

少しずつ　少しずつ深くなってゆけば
やがては解るようになるだろう

人の痛みも　柘榴《ざくろ》のような傷口も
わかったとてどうなるものでもないけれど
（わからないよりはいいだろう）

苦しみに負けて
哀しみにひしがれて
とげとげのサボテンと化してしまうのは
ごめんである

受けとめるしかない
折々の小さな刺《とげ》や　病《やまい》でさえも
はしゃぎや　浮かれのなかには
自己省察の要素は皆無なのだから

マザー・テレサの瞳《ひとみ》

マザー・テレサの瞳は
時に
猛禽類のように鋭く怖いようだった

マザー・テレサの瞳は
時に
やさしさの極北を示してもいた
二つの異なるものが融けあって
妖しい光を湛えていた
静かなる狂とでも呼びたいもの
静かなる狂なくして
インドでの徒労に近い献身が果せただろうか
マザー・テレサの瞳は

クリスチャンでもない私のどこかに棲みついて
じっとこちらを凝視したり
またたいたりして
中途半端なやさしさを撃ってくる!

鷹の眼は見抜いた
日本は貧しい国であると
慈愛の眼は救いあげた
垢だらけの瀕死の病人を

――なぜこんなことをしてくれるのですか
――あなたを愛しているからですよ
愛しているという一語の錨《いかり》のような重たさ

自分を無にすることができれば
かくも豊饒なものがなだれこむのか
さらに無限に豊饒なものを溢れさせることができるのか
こちらは逆立ちしてもできっこないので
呆然となる

たった二枚のサリーを洗いつつ
取っかえ引っかえ着て
顔には深い皺を刻み
背丈は縮んでしまったけれど
八十六歳の老女はまたなく美しかった
二十世紀の逆説を生き抜いた生涯

外科手術の必要な者に

ただ繃帯を巻いて歩いただけと批判する人は
知らないのだ
瀕死の病人をひたすら撫でさするだけの
慰藉《いしゃ》の意味を
死にゆくひとのかたわらにただ寄り添って
手を握りつづけることの意味を

――言葉が多すぎます
といって一九九七年

その人は去った

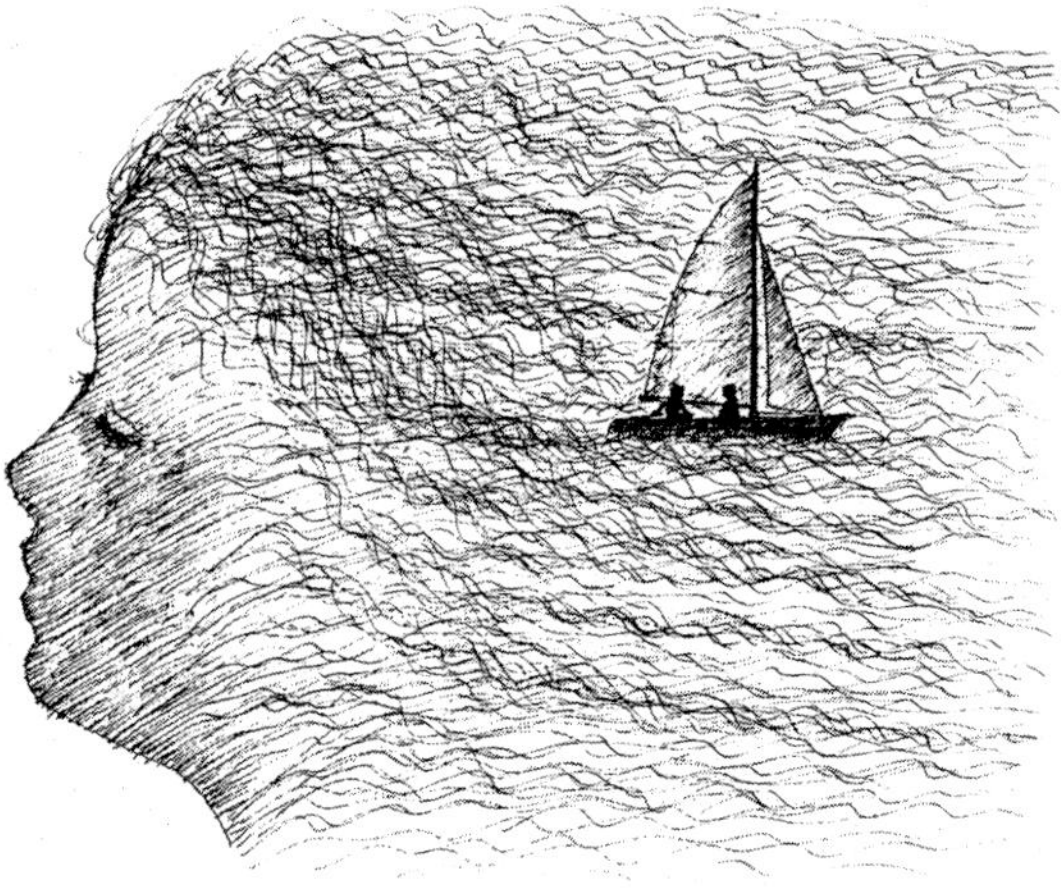

水の星

宇宙の漆黒の闇のなかを
ひっそりまわる水の星
まわりには仲間もなく親戚もなく

まるで孤独な星なんだ

生まれてこのかた
なにに一番驚いたかと言えば
水一滴もこぼさずに廻る地球を
外からパチリと写した一枚の写真

こういうところに棲んでいましたか
これを見なかった昔のひととは

線引きできるほどの意識の差が出てくる筈なのに
みんなわりあいぼんやりとしている

太陽からの距離がほどほどで
それで水がたっぷりと渦まくのであるらしい
中は火の玉だっていうのに
ありえない不思議　蒼い星

すさまじい洪水の記憶が残り

ノアの箱船の伝説が生まれたのだろうけれど
善良な者たちだけが選ばれて積まれた船であったのに
子子孫孫のていたらくを見れば　この言い伝えもいたって怪しい

軌道を逸れることもなく　いまだ死の星にもならず
いのちの豊饒を抱えながら
どこかさびしげな　水の星
極小の一分子でもある人間が　ゆえなくさびしいのもあたりまえで

あたりまえすぎることは言わないほうがいいのでしょう

ある一行

一九五〇年代
しきりに耳にし　目にし　身に沁みた　ある一行

〈絶望の虚妄なること　まさに希望に相同じい〉

魯迅が引用して有名になった
ハンガリーの詩人の一行

絶望といい希望といってもたかが知れている
うつろなることでは二つともに同じ
そんなものに足をとられず
淡々と生きて行け！

というふうに受けとって暗記したのだった
同じ訳者によって

〈絶望は虚妄だ　希望がそうであるように！〉

というわかりやすいのもある
今この深い言葉が一番必要なときに
誰も口の端《は》にのせないし
思い出しもしない

私はときどき呟いてみる
むかし暗記した古風な訳のほうで

〈絶望の虚妄なること　まさに希望に相同じい〉

＊ハンガリーの詩人――ペテーフィ・シャンドル（一八二三―四九）

＊竹内好訳

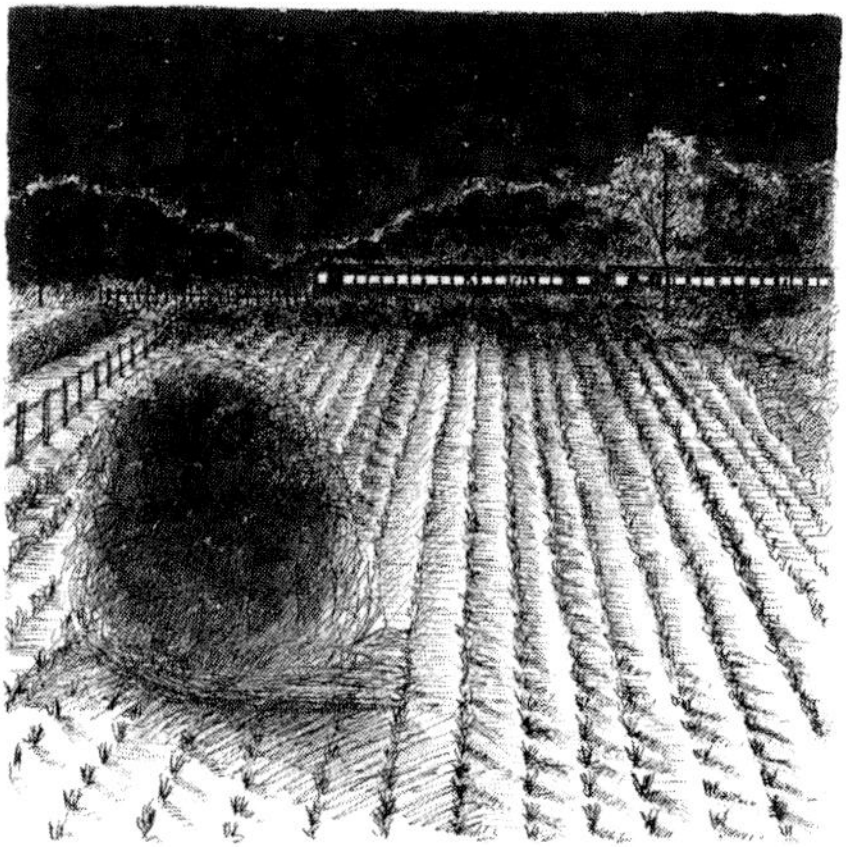

球を蹴る人

——N・Hに——

二〇〇二年　ワールドカップのあと
二十五歳の青年はインタビューに答えて言った
「この頃のサッカーは商業主義になりすぎてしまった

こどもの頃のように無心にサッカーをしてみたい」
的を射た言葉は
シュートを決められた一瞬のように
こちらのゴールネットを大きく揺らした

こどもの頃のサッカーと言われて
不意に甲斐の国　韮崎《にらさき》高校の校庭が
ふわりと目に浮ぶ
自分の言葉を持っている人はいい

まっすぐに物言う若者が居るのはいい
それはすでに
彼が二十一歳の時にも放たれていた

「君が代はダサいから歌わない
試合の前に歌うと戦意が削《そが》れる」
〈ダサい〉がこれほどきっかりと嵌《はま》った例を他に知らない
やたら国歌の流れるワールドカップで
私もずいぶん耳を澄したけれど

どの国も似たりよったりで
まっことダサかったねえ
日々に強くなりまさる
世界の民族主義の過剰
彼はそれをも衝《つ》いていた

球を蹴る人は
静かに　的確に
言葉を蹴る人でもあった

草

草の戸　草屋根　草枕
摘草　草餅　草団子
草書　草案　草稿　草創

草庵　草堂　草木染
道草　干草　草千里
草履《ぞうり》　草鞋《わらじ》　草双紙
草苞《くさづと》　草摺《くさずり》　草かげろう
草相撲　草野球　草競馬
草いきれ
草臥《くたび》れる
草獣の地
草木も物言う

草木も眠る丑三つ時
草木成佛
草木塔

草々

草の字つくものはみな好きで
思いつくまま呟けば
気分は　シィンと　落ちついてくる
草に馴染《なじ》んで生きてきた

見も知らぬ遠い祖先の
日々の暮し　日々のやつれも
見えがくれ
ならば
ちょっと目を離したすきに
たけだけしく繁茂する
庭の雑草も佳しとしなければならないか
ただただ仇《かたき》とばかりは思わないで

行方不明の時間

人間には
行方不明の時間が必要です
なぜかはわからないけれど

そんなふうに囁《ささや》くものがあるのです

三十分であれ　一時間であれ
ポワンと一人
なにものからも離れて
うたたねにしろ
瞑想にしろ
不埒《ふらち》なことをいたすにしろ

遠野物語の寒戸《さむと》の婆のような
ながい不明は困るけれど
ふっと自分の存在を掻き消す時間は必要です

所在　所業　時間帯
日々アリバイを作るいわれもないのに
着信音が鳴れば
ただちに携帯を取る
道を歩いているときも

バスや電車の中でさえ
〈すぐに戻れ〉や〈今　どこ?〉に
答えるために

遭難のとき助かる率は高いだろうが
電池が切れていたり圏外であったりすれば
絶望は更に深まるだろう
シャツ一枚　打ち振るよりも

私は家に居てさえ
ときどき行方不明になる
ベルが鳴っても出ない
電話が鳴っても出ない
今は居ないのです

目には見えないけれど
この世のいたる所に
透明な回転ドアが設置されている

回転ドア

無気味でもあり　素敵でもある
うっかり押したり
あるいは
不意に吸いこまれたり
一回転すれば　あっという間に
あの世へとさまよい出る仕掛け
さすれば
もはや完全なる行方不明
残された一つの愉しみでもあって

その折は
あらゆる約束ごとも
すべては
チャラよ

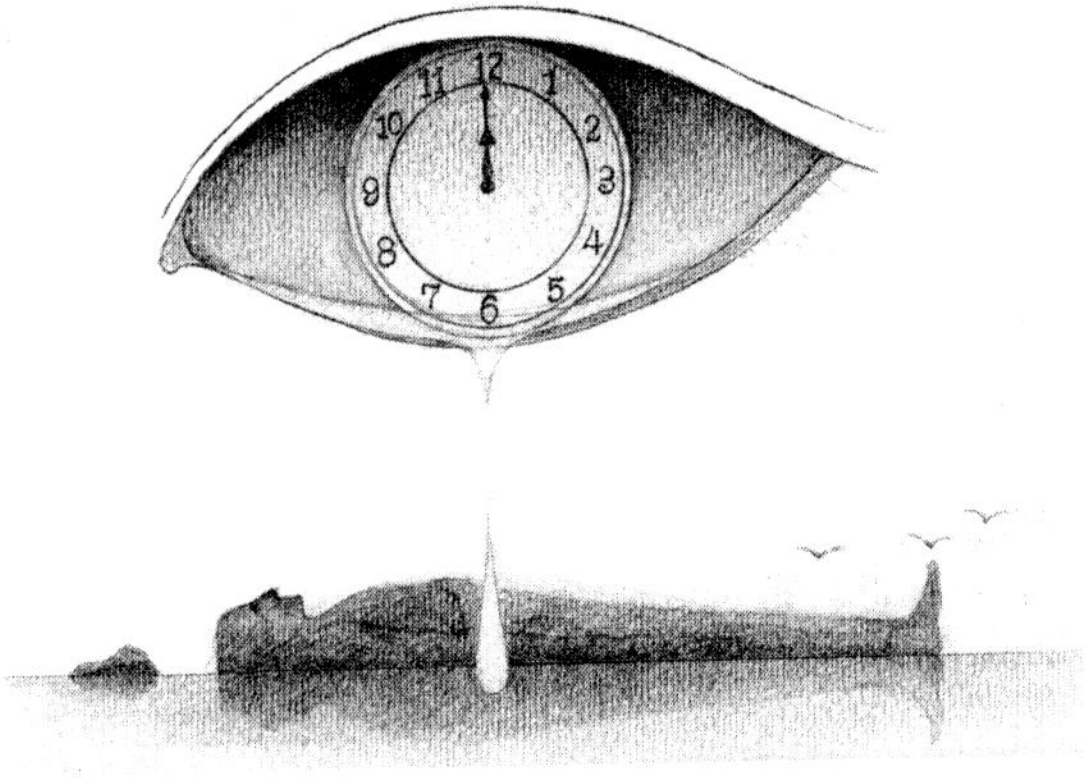

あとがき

ある日、内蒙古からの航空便が届いた。

Hという日本の青年からのもので、「植林のボランティアのため、内蒙古に一年滞在、こちらで読むために、あなたの詩集を一冊持ってきたのです。」と書かれていた。もちろん未知の青年で、推定年齢二十五歳。

簡潔だが情感のこもったいい手紙だった。

こういう若者もいるのだと知って、びっくりもし、モンゴルの全方位のもと、天空にひろがる満天の星々も想像されたのである。

三十年来の友人――編集部の中川美智子さんから、新しい詩集を編むことを強くすすめられながら、なかなか決心がつかずにいたのだが、内蒙古からの一通の手紙がきっかけで、ふっと八番目の詩集を出そうかという気になった。〈今、詩を書くというのは、どういうことか?〉と、みずからに問い続けざるを得ない歳月だったからである。

「あのひとの棲む国」「鄙ぶりの唄」「笑う能力」の三篇は、同人詩誌「櫂」に出したものだが、ほかの十二篇は未発表のもの。

原稿もまとまらないうちに、高瀬省三さんから、さっさと装画が届いてしまった。椅子の絵だったので、草稿のなかにあった「倚りかからず」に、題名まで決まってしまったのである。

今回に限らず、いつも外部からのいろんな力が働いて、押し出されるようになんとか形に成るということが続いてきて、しみじみ有難いことに思っている。

振りかえってみると、すべてを含めて、自分の意志ではっきりと一歩前に踏み出したという経験は、指折り数えて、たったの五回しかなかった。

茨木のり子

一九九九年　秋

解説　誇るのではなく、羞じる人

山根基世

ああこの方が茨木のり子さん、あの一連の詩を書いた詩人は、この容貌・この姿・この声でなければならない……と、茨木さんに初めてお会いしたとき、まさに彼女の詩そのものが目の前に人間の姿になって顕れたような気がした。落ち着いた真っ直ぐな眼差し。凜としていながらたおやかな印象。深く温かい声で語られる飾り・偽りのない美しい日本語。七七歳の茨木さんは端正な一輪の花のようだった。

二〇〇四年（平成一六年）三月一三日。この日は私が四年間担当していた土曜・午後のラジオ番組、最後の放送日だった。この日のインタビューコーナーでは、是非、私が少女時代から敬愛してきた茨木のり子さんにお話を伺いたいと、何度もお願いしてようやく実現した。それまで放送にはほとんど出演なさったことがないのに、この日私の出演依頼に応えてくださったのは、茨木さんにも伝えておきたいという意志がおありだったのだろうか。まさか二年後に亡くなるとは思いもしなかったけれど、詩人の肉声を記録できたことは、今にして思えば奇跡的な僥倖。一時間半にわたる茨木さんのお話は、ラストメッセージとも言えるものだった。

詩は「生る」ものだと茨木さんはおっしゃる。木の実が生るように「生る」のだという。生るまでにかかる時間は、それぞれの詩によって違うけれど、「倚りかからず」は四〇年余りかかっているとか。少女時代に父親から聞かされたことが種になっている。ドイツ留学の経験のある父親は、自分自身の苦い体験から日本人の依頼心、依存心の強さを問題だと考え、親子兄弟といえども独立独歩で行くべきだと常々話していたという。その頃から自分の中に在ったものが次第に育ち、ある日ある時ふと芽を出す。そのようにして「倚りかからず」が「生った」のが一九九九年（平成一一年）、茨木さん七三歳の時のこと。談合、癒着、贈賄、収賄、馴れあいの世の中でこの詩は、かくありたいと読者の共感を呼び一五万部のベストセラーになった。現代詩には異例のことだが、決して偶然ではなかったのだ。四〇年かけて茨木さんの中で育てられ彫琢されて「生った」詩だった。簡潔な言葉の奥に潜む見えない力が、読む者の心を打ったのだろう。

私はこの詩の最後の三行に、とりわけ茨木さんらしさを感じる。

倚りかかるとすれば
それは
椅子の背もたれだけ

茨木さんの詩には、ご自分で書いたことを自ら茶化す表現がよくある。最後にお茶目にヒョイとかわすのだ。そこに生まれるユーモアによって、詩は一段とスケールを広げる。

あの日、私の「倚りかからず」の朗読を聞いていた茨木さんは「われながら威張った詩ですね、散文と違って詩は、言葉を削っていくからどうしても言葉が強くなるのね」と、言葉の強さを羞じるように笑っていらした。「自分の感受性くらい」にも共通しているが、茨木さんの中には、誰もが「自分の感受性を信じ、自分の耳目・自分の二本足のみで立て」ば、世の中はもっと良くなる、少なくとも戦争に流されることは防げるという信念があったに違いない。そんな簡単なことが戦後六〇年経ってなお実現しないことがもどかしくてならなかったのだろう。つい真っ直ぐなもの言いになる。強い言葉になる。だが一方で、そんな正論を語らずにいられない自分をもてあまし、羞じる気持ちもある。だから韜晦する。それが自分を茶化す表現になるのではないかと、私は解釈する。信念を持つ自分を誇るのではなく、羞じるところが茨木さんらしい。

あらゆる仕事
すべてのいい仕事の核には
震える弱いアンテナが隠されている　きっと……

茨木さんの「汲む」という詩の一節だ。茨木さんならではの「発見」に、私は感動し、深い共感を覚える。仕事がうまくいかず、すっかり自信を失い絶望しているとき、この詩にどれほど励まされたことだろう。私だけではない、気弱になりながらも仕事を続ける多くの人に、とりわけ働く女性に「効く」詩ではないだろうか。この詩は「夕鶴」で知られる俳優の山本安英さんから聞いた話がもとになっている。

「初々しさが大切なの／人に対しても世の中に対しても／人を人とも思わなくなったとき／堕落が始るのね」という同じ「汲む」の中の一節は、山本さんの言葉が、ほぼそのまま詩になったのだという。

茨木さんは詩を書く前、まだ学生だった頃戯曲を書いていて、その当時、二〇歳先輩の山本さんの家をよく訪ねていたという。戦後間もない時代、山本さんは結核の療養で自宅で床に就いていることが多かった。茨木さんが訪ねると起きあがって羽織の袖に手を通したりする、「そんな時のちょっとしたしぐさなんかもとても美しいのね」と思い出を語る茨木さんは、山本さんの一挙手一投足を憧れを以て見守る少女の眼差しになっていた。

一時間半にわたるラジオのインタビューの最後で茨木さんは、こんな話をなさった。「山本さんは、現代の日本についてたくさんの批評や批判を持っている方でした。でもそれを、あまり生な形では発言なさらなかった。全部身体で、演技に凝縮して発散されたんですね。そう考えますと私も、今いろんなことを感じたりしますが、それを生な形ではなく何とか詩の形で表したいんです。とても難しいことですが、若い時に詩を書こうと思ったのですから、これは、やり抜きたいと思っています」。

私はこの時、「詩人の魂」を見る気がした。それを茨木さんは山本安英さんから受け取ったのだ。芸術家としての美しい生き方が世代から世代へ、と手渡されるのを見る思いがする。

世の中の「志」というものは、こうして手から手へとバトンタッチされていくものではないだろうか。山本さんだけでなく大勢の先輩たちから受け取った美しいものを、茨木さんはその詩に託して、後に続く私たちに手渡そうとなさったのだ。

私たちは、しっかりその「志」を受けとめ、また次の世代に手渡していかなければならない。

茨木のり子著作目録

一九五五年『対話』（不知火社）
一九五八年『見えない配達夫』（飯塚書店）
一九六五年『鎮魂歌』（思潮社）
一九六七年『うたの心に生きた人々』（さ・え・ら書房）
一九六九年『茨木のり子詩集』〈現代詩文庫20〉（思潮社）
一九六九年『おとらぎつね』〈愛知県民話集〉（さ・え・ら書房）
一九七一年『人名詩集』（山梨シルクセンター出版部）
一九七五年『言の葉さやげ』（花神社）
一九七七年『自分の感受性くらい』（花神社）
一九七九年『詩のこころを読む』（岩波ジュニア新書）
一九八二年『寸志』（花神社）
一九八三年『現代の詩人7　茨木のり子』（中央公論社）

一九八六年『ハングルへの旅』（朝日新聞社）
一九八六年『うかれがらす』〈金善慶童話集・翻訳〉（筑摩書房）
一九八九年『ハングルへの旅』（朝日文庫）
一九九〇年『韓国現代詩選』〈編訳〉（花神社）
一九九二年『食卓に珈琲の匂い流れ』（花神社）
一九九四年『おんなのことば』（童話屋）
一九九四年『うたの心に生きた人々』（ちくま文庫）
一九九四年『一本の茎の上に』（筑摩書房）
一九九九年『貘さんがゆく』（童話屋）
一九九九年『倚りかからず』（筑摩書房）
一九九九年『個人のたたかい』（童話屋）
二〇〇一年『見えない配達夫』（童話屋）
二〇〇一年『対話』（童話屋）
二〇〇一年『鎮魂歌』（童話屋）
二〇〇二年『茨木のり子集　言の葉』〈全3巻〉（筑摩書房）

二〇〇二年『人名詩集』（童話屋）
二〇〇四年『落ちこぼれ』（理論社）
二〇〇四年『言葉が通じてこそ、友だちになれる』〈共著〉（筑摩書房）
二〇〇六年『見えない配達夫』（日本図書センター）
二〇〇七年『歳月』（花神社）

（入手困難のものもあります）

本書は一九九九年一〇月、筑摩書房から刊行された『倚りかからず』に、「球を蹴る人」「草」「行方不明の時間」の三篇を増補した。なおこの三篇は、茨木のり子自選作品集『茨木のり子集　言の葉』全3巻を編まれた際の書き下ろしである。

こころ　夏目漱石

友を死に追いやった「罪の意識」によって、ついには人間不信にいたる悲惨な心の暗部を描いた傑作。詳しく利用しやすい語注付。（小森陽一）

美食倶楽部　谷崎潤一郎大正作品集　種村季弘編

表題作をはじめ耽美と猟奇、幻想と狂気……官能的な文体によるミステリアスなストーリーの数々。大正期谷崎文学の初の文庫化。種村季弘編で贈る。

三島由紀夫レター教室　三島由紀夫

五人の登場人物が巻き起こす様々な出来事を手紙で綴る。恋の告白・借金の申し込み・見舞状等、一風変ったユニークな文例集。（群ようこ）

命売ります　三島由紀夫

自殺に失敗し、「命売ります。お好きな目的にお使い下さい」という突飛な広告を出した男のもとに、現われたのは？（種村季弘）

方丈記私記　堀田善衞

中世の酷薄な世相を覚めた眼で見続けた鴨長明。その人間像を自己の戦争体験に照らして語りつつ現代日本文化の深層をつく。巻末対談＝五木寛之

小説　永井荷風　小島政二郎

荷風を熱愛し、「十のうち九までは礼讃の誠を連ねた中に、ホンの一つ」批判を加えたことで終生の恨みをかってしまった作家の傑作評伝。（加藤典洋）

てんやわんや　獅子文六

戦後のどさくさに慌てふためくお人好し犬丸順吉は社長の特命で四国へ身を隠すが、そこは想像もつかない楽園だった。しかしそこは……。（平松洋子）

娘と私　獅子文六

文豪、獅子文六が作家としても人間としても激動の時間を過ごした昭和初期から戦後、愛娘の成長とともに自身の半生を描いた亡き妻に捧げる自伝小説。

江分利満氏の優雅な生活　山口瞳

卓抜な人物描写と世態風俗の鋭い観察によって昭和一桁世代の悲喜劇を鮮やかに描き、高度経済成長期前後の一時代をくっきりと刻む。（小玉武）

落穂拾い・犬の生活　小山清

明治の匂いの残る浅草に育ち、純粋無比の作品を遺して短い生涯を終えた小山清。いまなお新しい、清らかな祈りのような作品集。（三上延）

せどり男爵数奇譚　梶山季之

せどり＝掘り出し物の古書を安く買って高く転売することを業とすること。古書の世界に魅入られた人々を描く傑作ミステリー。（永江朗）

川三部作 泥の河／螢川／道頓堀川　宮本輝

太宰賞「泥の河」、芥川賞「螢川」、そして「道頓堀川」と、川を背景に独自の抒情をこめて創出した、宮本文学の原点をなす三部作。

私小説 from left to right　水村美苗

12歳で渡米し滞在20年目を迎えた「美苗」。アメリカにも溶け込めず、今の日本にも違和感を覚え……。本邦初の横書きバイリンガル小説。

ラピスラズリ　山尾悠子

言葉の海が紡ぎだす、〈冬眠者〉と人形と、春の目覚めの物語。不世出の幻想小説家が20年の沈黙を破り発表した連作長篇。補筆改訂版。（千野帽子）

増補 夢の遠近法　山尾悠子

「誰かが私に言ったのだ／世界は言葉でできていると」。誰も夢見たことのない世界が、ここではじめて言葉になった。新たに二篇を加えた増補決定版。

兄のトランク　宮沢清六

兄・宮沢賢治の生と死をそのかたわらでみつめ、兄の死後も烈しい空襲や散佚から遺稿類を守りぬいてきた実弟が綴る、初のエッセイ集。

真鍋博のプラネタリウム　真鍋博　星新一

名コンビ真鍋博と星新一。二人の最初の作品『おーい　でてこーい』他、星作品に描かれた挿絵と小説冒頭をまとめた幻の作品集。（真鍋真）

鬼譚　夢枕獏編著

夢枕獏がジャンルにとらわれず、古今の「鬼」にまつわる作品を蒐集した傑作アンソロジー。坂口安吾、手塚治虫、山岸凉子、筒井康隆、馬場あき子、他。

茨木のり子集 言の葉（全3冊）　茨木のり子

しなやかに凜と生きた詩人の歩みの跡を、詩とエッセイで編んだ自選作品集。単行本未収録の作品なども収め、魅力の全貌をコンパクトに纏める。

言葉なんかおぼえるんじゃなかった　田村隆一・語り　長薗安浩・文

戦後詩を切り拓き、常に詩の最前線で活躍し続けた伝説の詩人・田村隆一が若者に向けて送る珠玉のメッセージ。代表的な詩25篇も収録。（穂村弘）

尾崎翠集成（上・下）　尾崎翠／中野翠 編

鮮烈な作品を残し、若き日に音信を絶った謎の作家・尾崎翠。時間と共に新たな輝きを加えてゆくその文学世界を集成する。

クラクラ日記　坂口三千代

戦後文壇を華やかに彩った無頼派の雄・坂口安吾との、嵐のような生活を妻の座から愛と悲しみをもって描く回想記。巻末エッセイ＝松本清張

甘い蜜の部屋　森茉莉

天使の美貌、無意識の媚態。薔薇の蜜で男たちを溺れ死なせていく少女モイラと父親の濃密な愛の部屋。稀有なロマネスク。（矢川澄子）

貧乏サヴァラン　森茉莉／早川暢子 編

オムレット、ボルドオ風茸料理、野菜の牛酪煮……。食いしん坊茉莉は料理自慢。香り豊かな〝茉莉ことば〟で綴られる垂涎の食エッセイ。文庫オリジナル。

ことばの食卓　武田百合子／野中ユリ・画

なにげない日常の光景やキャラメル、枇杷など、食べものに関する昔の記憶と思い出を感性豊かな文章で綴ったエッセイ集。（種村季弘）

遊覧日記　武田百合子／武田花・写真

行きたい所へ行きたい時に、つれづれに出かけてゆく。一人で。または二人で。あちらこちらを遊覧しながら綴ったエッセイ集。（巖谷國士）

わたしは驢馬に乗って下着をうりにゆきたい　鴨居羊子

新聞記者から下着デザイナーへ。斬新で夢のある下着を世に送り出し、下着ブームを巻き起こした女性起業家の悲喜こもごも。（近代ナリコ）

神も仏もありませぬ　佐野洋子

還暦……もう人生おりたかった。でも春のきざしの蕗の薹に感動する自分がいる。意味なく生きても人は幸せなのだ。第3回小林秀雄賞受賞。（長嶋康郎）

問題があります　佐野洋子

中国で迎えた終戦の記憶から極貧の美大生時代、読まずにいられない本の話など。単行本未収録作品を追加した、愛と笑いのエッセイ集。（長嶋有）

老いの楽しみ　沢村貞子

八十歳を過ぎ、女優引退を決めた著者が、日々の思いを綴る。齢にさからわず、「なみ」に、気楽に、と過ごす時間に楽しみを見出す。（山崎洋子）

色を奏でる　志村ふくみ・文　井上隆雄・写真

色と糸と織——それぞれに思いを深めて織り続ける染織家にして人間国宝の著者の、エッセイと鮮かな写真が織りなす豊醇な世界。オールカラー。

遠い朝の本たち　須賀敦子

一人の少女が成長する過程で出会い、愛しんだ文学作品の数々を、記憶に深く残る人びとの想い出とともに描くエッセイ。（末盛千枝子）

性分でんねん　田辺聖子

あわれにもおかしい人生のさまざま、また書物の愉しみのあれこれ。硬軟自在の名手、お聖さんの切口がますます冴えるエッセー。（氷室冴子）

「赤毛のアン」ノート　高柳佐知子

アンの部屋の様子、グリーン・ゲイブルズの自然、アヴォンリーの地図など、アン心酔の著者がカラー絵と文章で紹介。書き下ろしを増補しての文庫化。

おいしいおはなし　高峰秀子編

向田邦子、幸田文、山田風太郎……著名人23人の美味な思い出。文学や芸術にも造詣が深かった往年の大女優・高峰秀子が厳選した珠玉のアンソロジー。

うつくしく、やさしく、おろかなり　杉浦日向子

生きることを楽しもうとしていた江戸人たち。彼らの紡ぎ出した文化にとことん惚れ込んだ著者がその思いの丈を綴った最後のラブレター。（松田哲夫）

るきさん　高野文子

のんびりしていてマイペース、だけどどっかヘンテコな、るきさんの日常生活って？　独特な色使いが光るオールカラー。ポケットに一冊どうぞ。

それなりに生きている　群ようこ

日当たりの良い場所を目指して仲間を蹴落とすカメ、迷子札をつけているネコ、自己管理している犬。文庫化に際し、二篇を追加して贈る動物エッセイ。

玉子ふわふわ　早川茉莉編

国民的な食材の玉子、むきむきで抱きしめたい！　森茉莉、武田百合子、吉田健一、山本精一、宇江佐真理ら37人が綴る玉子にまつわる悲喜こもごも。

なんたってドーナツ　早川茉莉編

貧しかった時代の手作りおやつ、日曜学校で出合った素敵なお菓子、毎朝宿泊客にドーナツを配るホテル、哲学させる穴……。文庫オリジナル。

名短篇、ここにあり　北村薫／宮部みゆき 編

読み巧者の二人の議論沸騰し、選びぬかれたお薦め小説12篇。となりの宇宙人／冷たい仕事／隠し芸の男／少女架刑／あしたの夕刊／網／誤訳ほか。

名短篇、さらにあり　北村薫／宮部みゆき 編

小説って、やっぱり面白い。人間の愚かさ、不気味さ、人情が詰まった奇妙な12篇。華燭／骨／雲の小径／押入の中の鏡花先生／不動図／鬼火／家霊ほか。

読まずにいられぬ名短篇　北村薫／宮部みゆき 編

松本清張のミステリを倉本聰が時代劇に!?　あの作家の知られざる逸品からオチの読めない怪作まで厳選の18作。北村・宮部の解説対談付き。

教えたくなる名短篇　北村薫／宮部みゆき 編

宮部みゆきを驚嘆させた、時代に埋もれた名作家・長谷川修の世界とは？　人生の悲喜こもごもが詰まった珠玉の13作。北村・宮部の解説対談付き。

世界幻想文学大全
幻想文学入門　東雅夫 編著

幻想文学のすべてがわかるガイドブック。澁澤龍彥、中井英夫、カイヨワ等の幻想文学案内のエッセイも収録し、資料も充実。初心者も通も楽しめる。

世界幻想文学大全
怪奇小説精華　東雅夫 編

ルキアノスから、デフォー、メリメ、ゴーチエ、ゴーゴリ……時代を超えたベスト・オブ・ベスト。岡本綺堂、芥川龍之介等の名訳も読みどころ。

日本幻想文学大全
幻妖の水脈　東雅夫 編

『源氏物語』から小泉八雲、泉鏡花、江戸川乱歩、都筑道夫……。妖しさ蠢く日本幻想文学、ボリューム満点のオールタイムベスト。

日本幻想文学大全
幻視の系譜　東雅夫 編

世阿弥の謡曲から、小川未明、夢野久作、宮沢賢治、中島敦、吉村昭……。幻視の閃きに満ちた日本幻想文学の逸品を集めたベスト・オブ・ベスト。

60年代日本ＳＦベスト集成　筒井康隆 編

「日本ＳＦ初期傑作集」とでも副題をつけるべき作品集である(編者)。二十世紀日本文学のひとつの里程標となる歴史的アンソロジー。（大森望）

70年代日本ＳＦベスト集成1　筒井康隆 編

日本ＳＦの黄金期の傑作を、同時代にセレクトした記念碑的アンソロジー。ＳＦに留まらず「文学の新しい可能性」を切り開いた作品群。（荒巻義雄）

ちくま文庫

倚《よ》りかからず

二〇〇七年四月十日　第　一　刷発行
二〇二五年四月五日　第二十六刷発行

著　者　茨木のり子（いばらぎ・のりこ）

発行者　増田健史
発行所　株式会社　筑摩書房
東京都台東区蔵前二―五―三　〒一一一―八七五五
電話番号　〇三―五六八七―二六〇一（代表）
装幀者　安野光雅
印刷所　信毎書籍印刷株式会社
製本所　株式会社積信堂

ISBN978-4-480-42323-8 C0192